가혹한 시간을 통과하고 있다

−분단시대 동인 40주년 기념 시집

가혹한 시간을 통과하고 있다

―분단시대 동인 40주년 기념 시집

김성장 김용락 김윤현 김웅교 김종인 김창규
김희식 도종환 배창환 정대호 정원도

《분단시대》문학동인 40주년 기념시집을 내면서

40년 전, 1983년에서 84년으로 넘어오던 겨울은 몹시 추웠다. 겨울 날씨도 예년과 달리 매웠지만, 이태 전 광주에서 벌어졌던 '광주사태'(당시에는 이렇게 불렸다. 광주민주화운동)로 정권을 잡은 신군부의 폭압적인 정치가 한국사회 전체를 꽁꽁 얼어붙게 만들었다. 깜깜한 어둠과도 같았던 시절, 정권에 반대하거나 신군부에 비판적인 언사를 하면 쥐도 새도 모르게 정보기관에 끌려가 갖은 고문과 투옥으로 점철되던 시대였다.

언론은 통제되거나 자발적 순응체제로 돌아섰고 현실정치와 종교도 침묵으로 일관하거나 협조하기도 했다. 오직 대학생들이 교내에서 간헐적으로 집단 저항하던 겉으로 보기에는 죽음과 같은 적막이 흐르던 5공화국 신군부 시대였다. 40년이 지난 지금 와서 회고해보면 참 어려운 시대를 우리는 잘 견뎠고, 또 격렬하게 저항하면서 지내왔다는 생각이 든다. 이 과정에서 숱한 사람들이 희생됐다. '민주주의는 피를 먹고 자라는 나무다'라고 했던 어느 외국 사상가의 말이 새삼 상기되고, '피를 바다만큼 흘려도 진실의 불은 결코 꺼트릴 수 없다'고 했던 소설가의 말이 떠오른다.

그러나 이런 엄혹한 시절이라고 해서 인간들에게 희망

이 없을 수는 없다. 인간은 본질적으로 꿈을 꾸는 동물이고 수천 년 고난의 인류사를 통해서 보더라도 어떤 억압적 상황에서도 인간은 희망을 몸속에 내장하고 있는 동물이다. 억압이 심할수록 그에 반발하는 스프링의 힘은 강하게 마련이고, 외부의 환경이 험악할수록 내면적인 평화와 자유를 기원하는 힘이 강해지는 게 인간이다.

이런 시대였던 1984년 1월 어느 날 우리 젊은 문학도들은 대구 시내 한 골목길에서 서로 처음 만났다. 청주와 대구에서 차령산맥과 추풍령을 넘나들면서 우리는 문학을 통해 신군부체제 아래서 말살된 민주주의를 회복하고 분단된 조국의 운명을 문학을 통해 극복하자고 굳게 맹세했다. 그렇게 해서 40년 전, 1984년 초에 결성한 게《분단시대》문학동인이었다. 20대 후반에서 막 서른을 바라보던 이 청년들은 많은 가능성으로 열려 있던 청춘의 꿈도, 문학의 고유 영역에 해당하는 영롱한 서정, 화려한 수사, 심도 있는 지성知性, 인간의 실존, 죽음, 허무주의, 우수憂愁, 멜랑콜리와 같은 미학적 과제는 일단 제쳐두고 민주주의 회복과 민족분단 극복을 첫 번째 문학적 과제로 삼고 출발하였다. 그러면서 우리는 창작방법론으로 리얼리즘과 민족문학론을 깃발로 내걸었다.

《분단시대》문학동인은《오월시》,《시와 경제》,《삶의 문학》문학동인들과 함께 1970년대의 「자유실천문인협의회」를 이어받은 「민족문학작가회의」를 재출범하고 '시의 시대' '동인지 시대'라는 1980년대 한국 민족문학운동의 중심에서 주도적인 역할을 충실히 해왔다. 그리고 지난 40년간 동인 각자는 자신의 개인적인 작품 활동에서도 한국문학사에서 가장 주목할 만한 업적을 성취했다. 뿐만 아니라 교육운동, 문화운동, 언론운동, 현실정치의 영역에서도 각자 중요한 역할을 담당해온 것도 사실이다.

이것은 결코 자화자찬이 아니다. 작품성취 측면이나 개인의 사회적 역할을 검토해보면 충분히 인정할만한 업적이다. 물론 개인이나 집단을 막론하고 엄정한 성찰이나 자기를 낮추는 겸손이 없다면 그것은 미래세계로 한 발짝 더 나아가기 어렵다는 사실을 인정한다 하더라도 그렇다. 이런 결과는《분단시대》동인이 처음 출발할 당시 서울이라는 중심이 아니라 지역이라는 변방의 문학청년에서 출발했고, 대구와 청주라는 일종의 지역연합이 동인들의 문학적 결기를 추동하고 역사적 사명에 대해 더욱 매진하게 한 중요한 원인이 되기도 했다. 시작은 비록 미약하게 출발했으나 그 끝은 창대하리라는 경전의 가르침을 연상케

하는 결과이기도 하다.

《분단시대》동인은 제1집『분단시대―이 땅의 하나 됨을 위하여』(온누리. 1984.5.15)를 처음 발간했다. 배창환, 도종환, 김용락, 김종인, 김창규, 김윤현, 김희식, 정대호, 김형근(게재 순)의 시를 싣고 도종환의 문학평론「분단 극복의 시」를 실었다(국판. 159쪽). 그런데 불행하게도 이 첫 번째 동인지는 당시 서울대 학생운동권 서클의 학습교재로 사용됐다는 미명 하에 5공 당국으로부터 판매금지를 당했다. 두 번째 동인지『분단시대·2―이 어둠을 사르는 끝없는 몸짓』((온누리. 1985. 1.)을 내고 같은 해 민중화가 정하수, 박용진의 판화를 곁들인『분단시대 판화시집』(우리출판사. 1985. 12)을 출간했다. 이어 제3집『분단시대·3―민중의 희망을 노래하자』(학민사. 1987.6.) 제4집『분단시대·4―분단문학에서 통일문학으로』(학민사. 1988. 9.)를 펴냈다. 이 과정 중에《분단시대》가 신인으로 등단시킨 김응교 시인·문학평론가와 정원도, 김성장 시인이 새로운 동인으로 합류했다. 이들의 활약에 힘입어《분단시대》동인의 문학 활동은 그 폭과 깊이가 더욱 다양해지고 문학적 수준이 고양된 것도 사실이다.

2014년 우리 사회의 큰 불행이자 아픔인 세월호 사건을 겪으면서 한동안 각자 개인적인 문학과 실천 운동에 전념하다가 다시 『분단시대 동인 30주년 기념시집—광화문 광장에서』(푸른사상. 2014. 11.)를 펴내 암울한 시대 상황에 집단적으로 대응하면서 문학에 대해 새로운 결의를 다졌다.

2024년, 올해는 《분단시대》가 출범한 지 40주년이 되는 해이다. 1980년대 초반, 20대에서 30대로 갓 진입하던 볼 빨갛던 흑발의 청춘들이 이제 장년을 넘어 흰 머리카락이 보이는 노년의 나이에 접어들었다. 어느덧 40년이라는 세월이 흘렀다. 이 짧지 않은 시간 동안 각 동인들 개인의 실존적 변화도 깊었고 문학적, 사회적 성취의 결도 다양해졌다. 그러나 한 가지 변하지 않은 게 있다. 그것은 여전히 문학을 통해 새로운 시대정신 구현과 우리 공동체가 좀 더 나은 미래사회로 나아가고, 남북통일이라는 민족적 과업에 기여하겠다는 열렬한 희구이다. 그리고 동인들 간의 우애이다.

우리 동인들은 각자의 탁월한 문학적 성취 못지않게 40년이라는 오랜 시간을 결코 변치 않는 서로 간의 우정이라는 이 인간적 관계를 따뜻하게 지속한 것에 대해 더욱 감사하게 생각한다. 이것은 문학 외적으로 동인 각자의 깊은 인격적 성숙과 서로 간의 배려에 의한 것이다.

그런 관계 속에서 이번에 《분단시대》 40주년 기념 동인시집을 간행하게 된 것이다. 애초 이미 발행된 80년대 《분단시대》 동인지에서 5편, 이후 작품 5편으로 1인당 각 10편의 시를 모아 그간의 《분단시대》 동인들의 작품사와 시대 상황, 문학적 성취를 점검하고 독자들의 평가를 받고 싶었으나 저작권 문제를 비롯해 여러 가지 사정으로 각자 좋아하는 작품 5편만 싣기로 해서 처음 기획했던 것보다는 다소 소략한 시집이 되었다는 점을 밝힌다.

급박한 청탁에도 불구하고 좋은 해설을 써주신 문학평론가 정지창 선생님, 어려운 출판 사정에도 기꺼이 동인지 발간을 맡아주신 '걷는사람' 출판사 대표 김성규 시인에게 감사드린다.

2024년 8월 11일
《분단시대》 동인

가혹한 시간을 통과하고 있다

여는 글

《분단시대》문학동인 40주년 기념시집을 내면서   4

김성장

사경寫經 1   16

사경寫經 2   17

장씨 아저씨   18

바람을 하늘에 매달다   20

꽃   22

김용락

대구의 페놀 수돗물   24

단촌역   26

조탑동에서 주워들은 시 같지 않은 시·6   28

오브스주州 울란곰   30

심우장에 올라   32

김윤현

청도 가는 길   34

돌탑1   35

반반   36

나무로 살기   38

도배공 김 씨   39

김응교

주인 잃은 신발   42

검은 흙의 심장   44

마지막 최고의 노동   46

글 쓰는 기계   48

단추   50

김종인

삼도봉   52

아침 이슬   55

무위자연無爲自然   57

강변에서   59

개나리   61

김창규

백두산의 얼굴   64

분단의 시대 철의 장벽   66

서정시의 꽃   68

모란봉 을밀대 그리고 냉면   70

시인이라고 하는 것들   72

김희식

쓸쓸한 상처   76

조팝꽃 필 무렵   77

들꽃 눈부시다   78

어허, 나무가 꽃이 되었다   79

가을에 나는 운다   80

도종환

파멸의 시간은 홀로 오지 않는다   84

끝이 아니다   87

철쭉   91

두 손   94

태백   95

배창환

꽃   98

그래, 굿 모닝   99

가야산은 가야산   100

암바라와 위안부 수용소   102

물고구마 이야기   104

정대호

겨울 산을 오르며   108

선배님 전상서   110

지상의 아름다운 소망   111

아프가니스탄 소년의 사진   112

벼랑에 휘어진 소나무   115

정원도

마지摩旨 한 그릇   118

황금 두더지   119

밥솥 사용법   120

식물적 발상   121

비단잉어   122

해설

분단의 장벽을 허물어온《분단시대》40년의 기록

—정지창(문학평론가)   124

김성장

분단시대

충북 청주 출생. 1988년《분단시대 4집》으로 작품 활
동을 시작했다. 저서『눈물은 한때 우리가 바다에 살았
다는 흔적』『시로 만든 집 14채』외 서예 작품집『노랑나
도 오잖는 무덤 우에 이끼만 푸르리라』를 펴냈다.

사경寫經 1

높은 온도와 건조한 날씨 때문에 먹물은 쉽게 뻑뻑해
졌다
밤 늦게까지 붓을 놀렸지만 사경寫經을 완성하지 못했다
시대명주시무상주시무등등주
그 어디쯤이었을 것이다
새벽에 일어나 작업실에 가니
스탠드 형광이 소금처럼 쏟아져 내리고 있다
깜빡 잊고 켜놓은 빛이 반야심경을 외고 있었던 모양
이다
독경 소리를 듣고 날아든
날벌레들이 파책 끝에 날개를 걸쳐놓고
아제아제바라아제바라승아제
사경을 이어가고 있다
둥근 획을 허용치 않는
방필의 북위 서체로 누운 몸들
윤회의 날개들이 다비식을 하러 뛰어든 시간
붓은 굳어가고
아침 햇살은 다시 먼지의 위치를 가리킨다

사경寫經 2

오래된 냄새 가득한 목판 경전 옆에 화선지를 펼친다
얌전히 몸을 눕히는 닥나무의 표정은 언제부터 부드러
워졌을까
살짝 무슨 소리인가 내기도 하는데 아마
숲을 떠나올 때 기억해둔 소리인지 모른다
벼루를 적절히 기울이고 먹물을 부으면
천천히 고여 붓을 기다리는 연못
마른 붓이 다가가면 스며드는 모습이 제법 아득하다
붓끝이 화선지를 미끄러지며 내는 소리는 분명
염소의 수염에 스치던 저녁노을이었으리라

내 몸에 쌓인 오온이 어떻게 결집할지
내 몸을 다녀가신 분들께 조용히 묻는 시간

장씨 아저씨

일밖에 모르고
술 마시는 것도 모르고
사람들과 어울려 잡담을 나눌 줄도 모르고
주막을 지나다 친구들에 잡혀서
술 한잔 사라는 성화에 시달리면
어쩌다 마지못해 술을 사는데
꼭 반 되를 사는 것
입술을 삐죽 위로 밀어 올리며
술 반 되 이상은 산 적 없는
그래서 별명이 반 되가 되어버린 장씨 아저씨
스스로 몰던 경운기에 치여
밭고랑 사이에서 홀로 돌아가신 장씨 아저씨
품앗이도 별로 좋아하지 않아
혼자 일함으로써 과잉생산도 하지 않았다
사람들에게 자신을 비웃음거리로 제공하여
텔레비전이 없던 그 시절
친구들의 잡담 소재가 되어 주었다
사람들은 그를 밴댕이 콧구녁이라고 했다

갈수록 나는 그 콧구녁 앞에 쪼그려 앉고 싶다
소비한 것이 거의 없고

웃음조차 소비한 적이 없는 사람
흙빛 얼굴로 어쩌다 한번 흰 이빨을 드러내며
씨익 웃던 모습이 생각난다
도대체 무엇이 나를 자꾸 그 앞에 쪼그려 앉게 하는지
알 수가 없다

바람을 하늘에 매달다*

경찰과 함께
일은 길바닥에서 시작되었다
비린내 가득한 저 밑바닥
미천과 비루가 질펀하던 곳
영하의 바람 부딪히는 아침에 시작되었다
수직으로 나부끼던 대나무를
수평으로 눕히며 바람에 묻는다
봄은 어디쯤 오고 있는가
하얀 천을 펼치자 거기 방향 없는 여백
짐승의 털을 모아 만든 붓으로
먹물을 찍어 쓴다
짐승이 되어야 한다고 쓴다
봄이 온다고 쓴다
산맥을 넘고 들판을 가로질러온 문장들
짐승처럼 울부짖는 소리를
쓰면서 바람에게 묻는다
우리들의 바람은 무엇인가
대나무의 배후는 우리들의 마을
대나무를 자를 때마다
사람들이 소리쳤다
누가 우리의 수직을 부러뜨리는가

털어낸 댓잎들이 마을로 떨어졌다

깃발은 서둘러 펄럭이고 싶다

대나무를 일으켜 세우고

헝겊 쪼가리가 깃발이 되는 순간

바람을 푸른 하늘에 매단다

하늘의 명을 흔들기 위해

몸부림을 매달며 하늘을 본다

펄럭이는 불꽃이 피어나자

숲이 완성되었다

낫을 숲에 버려두고 왔지만

마디마디 스쳐 간 낫질을 기억하며

대나무를 들고 거리로 나아간다

바람을 모으며 나아간다

한 걸음 한 걸음

평등 보폭으로 한강을 건넌다

* 박근혜 퇴진 요구가 한창이던 2017년 1월 여의도에서 광화문까
지 노동자 깃발 행진을 했던 날의 기록

꽃

꽃은
꽃처럼 피고
꽃처럼 바람에 흔들리다가
꽃처럼 떨어진다
어떤 비유와 상징도
원치 않아
꽃은
아무렇게나 살아도
죄를 짓지 않는다

김용락

분단시대

경북 의성 출생. 1984년『마침내 시인이여』를 펴내며 등단했다. 시집『푸른 별』『기차소리를 듣고 싶다』『시간의 흰 길』『단촌역』『조탑동에서 주워들은 시 같지 않은 시』『산수유나무』『하염없이 낮은 지붕』을 펴냈다.

대구의 페놀 수돗물

그날 그 도시에 사건이 있었다
어느 날 갑자기 수돗물을 마신 사람들이
영문도 모르게 설사와 구토 피부병을 시작했고
임신 중인 산모들이 태아를 유산하기 위해 병원을 찾
았다
괴기 공포 영화에서나 있을 법한 일이
그 도시에선 현실이었다

나치는 2차 대전 중에 유대인을 학살하기 위해
페놀 주사를 포로들의 심장에다 직접 꽂아
보다 신속하게 사람을 죽였다고 한다
그 페놀을 재벌 기업이 상수도 수원지에 쏟아부었고
시민들은 즉각 생수를 사 먹고 차를 몰고
물을 떠 나르기 위해 인근 산속에서 법석을 떨었다
그건 중산층의 손쉬운 이기심이었다

생후 10개월짜리 갓난 딸애를 가진
염색공장 노동자 김이박 씨
생수 사 먹을 여유가 없는 저임금의 노동자
물 뜨러 시외 나갈 승용차 한 대 없는 김이박 씨
공단에서 퇴근해 월세방에 돌아와

우유 탈 물을 못 구해 쩔쩔매는 아내를 부여안고
그는 울부짖었다 짐승처럼

"이젠 마시는 수돗물마저 계급적이어야 하나?"

단촌역

늙은 측백나무가
반쯤 대머리가 된 회색빛 건물 뒤편 변소 입구에서
사색하듯 말없이 서 있는 단촌역
붉은색 페인트칠이 다 벗겨진
대합실 나무 의자가 카바이드 불빛 아래서
힘이 다한 노인처럼 꾸벅꾸벅 졸고 있던
경북 의성군 단촌역
개찰구에 한쪽 다리를 약간 저는
소아마비 역무원 마馬 주사가
어긋나버린 자신의 인생을 끼워 맞추듯
금속성 표찰기로 꼼꼼히 기차표를 찍어주던
중앙선의 작은 시골 역
여름이면 붉은 사루비아가 홍운보다 더 짙던
그 역의 낡고 좁은 문을 통해
나는 안동 50리 길을
아니 청춘 수만 년의 미래로
눈이 오나 비가 오나 중학교 3년을 통학했지만
미안하게도 역장님 이름을 알지 못했네
가끔씩 바람 드센 날
국기 게양대의 태극기와 새마을기가 찢어지고
밤새 눈이 한 길이 넘게 내려

힘에 부친 측백나무 가지가 부러지고

그 부러진 상처 위에도

소독약 가루처럼 하얗게 눈이 쌓이고

무릎이 빠지는 눈 쌓인 논둑길을 걸어와

수십 분이나 연착한 아침 통학차를 간신히 탔을 때도

말없이 청춘의 우리를 격려하던

시골에서는 보기도 드문 왜식 목조건물

내 유년이 그 주변에서 끝나고

대구로 유학 나와

일요일 저녁이면 쌀자루를 둘러메고

멸치조림 봉지 옆 허리에 꿰차고 대합실을 나설 때

점점이 멀어져 가던 어머니의 아련한 뒷모습

가슴 아프던 단촌역

나는 오늘 별 볼 일 없는 중년의 사내 되어 홀로 그곳에

가 보지만

지나간 세월처럼 혹은 바람처럼

흔적도 없이 모든 것은 사라지고

낡은 역사驛舍 위로 흰 구름만 말없이 흘러가는

내 실존의 먼지 같은 단촌역

내 쓸쓸한 영혼의 집

조탑동에서 주워들은 시 같지 않은 시·6

가만히 생각해보니
벌써 10년도 더 지난 일이다
아동문학가 윤석중 옹이 여든의 노구를 이끌고
새싹문학상을 주시겠다고
안동 조탑리 권정생 선생 댁을 방문했다
수녀님 몇 분과 함께,
두 평 좁은 방안에서 상패와 상금을 권 선생께 전달하
셨다
상패를 한동안 물끄러미 바라보시던

권 선생님 왈

"아이고 선생님요, 뭐 하려고 이 먼 데까지 오셨니껴?

우리 어른들이 어린이들을 위해 한 게
뭐 있다고 이런 상을 만들어
어른들끼리 주고받니껴?

내사 이 상 안 받을라니더……"

윤석중 선생과 수녀님들은

한동안 아무 말 없이 앉아 있다가 서울로 되돌아갔다

다음날 이른 오전
안동시 일직면 우체국 소인이 찍힌 소포로
상패와 상금을 원래 주인에게 부쳤다

그 사실을 뒤늦게 알게 된
봉화서 농사짓는 정호경 신부님
"영감쟁이, 성질도 빌나다 상패는 돌려주더라도
상금은 우리끼리 나눠 쓰면 될 텐데……"

* 권정생 선생은 모든 상을 거절했는데, 새싹문학상은 윤석중 옹
  이 권 선생의 의사를 묻지 않고 일방적으로 언론에 수상자로 발
  표한 데서 이런 해프닝이 벌어졌다.

오브스주州 울란곰*

몽골 수도 울란바토르에서
북쪽으로 1500km 떨어진 러시아 접경
그래서 전기도 러시아 전기를 끌어다 쓴다는
절전한다고 오전 4시간을
예고 없이 정전을 해 사람을 놀라게 하는

일제 신형 도요타 지프차로 17시간
칭기즈칸 국제공항에서
국내선 프로펠러 비행기로는 3시간 30분
산속 중의 산속, 깊은 원시

오브스주州의 주도 울란곰은
멀리 설산을 배경으로
동화 속의 집들처럼 빨강 파랑
낮은 지붕들로 작은 마을을 이루고 있다

저렇게 하염없이 지붕 낮은 집에는
분명 이 세상에서 가장 착한 사람들이
살 거라는 믿음을 주는 울란곰

시골 초등학교에 '땡큐 스몰 라이브러리**'

작은 도서관을 지어주었다

착한 영혼의 등불을 한 채 켜주었다

*몽골의 지방 도시

** 한국국제문화교류진흥원(KOFICE)이 저개발국가를 대상으로
  하는 ODA(지원사업)의 명칭이다.

심우장에 올라
—만해萬海 선사를 그리며

소슬한 가을볕 아래
성북동 산비알 심우장을 오른 것은
서울에 와서
내가 가장 잘한 일

북향으로 돌아앉은 처마 아래 마루에 걸터
멀리 도심 변두리 가옥의 지붕이나
아파트 모서리를 바라보며
인생의 총체적 간난을 생각하는 것도 소소한 재미

그러나 총독부를 등지고
세속의 명리를 등지고
님을 찾아 방황하고 고투한 이의 목소리를
가만히 귀 기울여 듣는 것

그 속에서 높이 날고 멀리 바라보고
끝내 가 닿을 수 없는 한계를 인식하고도
피 흘려 싸우는 정신의 고매함을 느끼는 것
그 아름다움을!

김윤현

———————————————————— 분단시대

경북 의성 출생. 1984년《분단시대》동인으로 작품 활동을 시작했다. 시집『창문 너머로』『사람들이 다시 그리워질까』『적천사에는 목어가 없다』『들꽃을 엿듣다』『지동 설』『발에 차이는 돌도 경전이다』『대구, 다가서 보니 다 詩였네』『반대편으로 걷고 싶을 때가 있다』를 펴냈다.

청도 가는 길

삶이란 결국 피할 수 없는 싸움인가
막걸리에다 수북이 썹히는 콩
꿈도 꾸지 못했던 한약재
이건 내 즐거운 식단이 아니다
나는 이제 풀을 기대할 수 없나
분수에 맞지 않게 배불리 먹고
소화시킨 건 근육 같은 전의戰意
세상이 받아주면
싸움도 죄가 되지 않는 곳으로
뿔을 단단히 세우고 뚜벅뚜벅 걷는다
상대를 무너뜨려야 내가 온전해지는 세상
지고 나면 길고 긴 밤이 온다
무너뜨리는 상대도 알고 보면
내일 또는 먼 훗날의 나가 아닌가
청도로 가는 길목마다 수북이 돋아난 적개심
무엇을 위하여 싸워야 하나

돌탑1

버려진 돌을 모았을 뿐인데
탑이 되었다
흔들리는 마음을 내려놓는 이름이 탑인지

정성껏 쌓는 일이
그대로 꿈이었으므로
합장 끝에 응답이 없어도 괜찮았다

모였다가 흩어지는 것이 세상일이듯
탑 꼭대기에는 아무것도 없으므로
돌아오는 것 또한 기대하지 않았다

돌 하나 더 얹어놓는 일
또한 마음속 돌 하나 덜어내는 것이리라 여기니
발에 차이는 돌도 죄다 경전이다 싶다

돌이 될지 탑이 될지는 마음에 달려있는 것
어디 있어도 돌 하나가 곧 탑이라 여기니
뭐 굳이 쌓지 않아도 괜찮겠다 싶다

반반

달도 하루에 반은 접어두고 산다

해도 하루에 반만 환하게 산다

달은 어둠 속에서도 부족함이 없다

해는 밝음 속에서도 뽐내지 않는다

반을 남겨두어서 그럴까

반을 가지고도 나머지 반도 차지하고 싶어

사람들은 어둡게 살고 있다

해가 져야 달이 온전해지고

달이 물러나면 해가 다가서는 것을 보고도

사람들은 그렇게 살고 있다

반을 놓지 못하면 나머지 반도 흔들린다

박수도 반반이 모여서 소리가 나고

악수도 반반이 만나 정겨워진다

보물덩어리 지구도 반은 밤이다

내 것 아닌 반을 내려놓고 나면

남성이어서 반인 나도 반반해질 것 같다

나무로 살기

음지 양지따라 다가서지도 물러나지도 않기

가지와 잎이 다르게 생겼다고 남을 내치지 않기

주어 없는 문장처럼 가볍게 호흡하기

매일 매일의 변화를 눈에 띄지 않게 이어가기

바람이 불면 때를 놓치지 않고 스트레칭하기

구름이 다가오면 지나갈 때까지 모른척하기

아무리 알아주는 이 없어도 뿌리는 드러내지 않기

어떤 일이 있어도 푸르름은 유지하기

도배공 김 씨

모두가 벽을 만나면 돌아설 때
그는 벽을 찾아다닌다

모두가 벽이 앞길을 막아선다고 할 때
그는 벽 앞에서 삶을 막아낸다

산다는 것은 어떻게 하느냐보다
무엇을 하는가에 달려 있다며

모두가 벽을 만나면 고개 숙일 때
그는 꽃무늬 든 벽지를 바르려 고개를 든다

오래된 벽지처럼 빛바랜 삶의 언저리에 꽃무늬 넣으려
벽에 다가서 보는 것이다

쑤시는 몸에 파스 바르듯
한 겹 한 겹 벽지를 날렵하게 바르며
허술해진 삶을 벽처럼 바로 세워보려는 것이다

풀 묻힌 솔로 자신의 키보다 더 긴 벽지 바르다 보면
벽은 막다른 골목이 아니라

입에 풀이 부족했던 생을 막아보려는 그에게는 시작점
이 되었다

달아나는 것이 아니라 다가서는

장미가 가시 사이에서 꽃을 피우듯
벽사 이에서 삶을 막아내는 도배공 김 씨

그는 우리들의 든든한 벽이다

김응교

분단시대

　서울 출생. 1987년《분단시대》동인으로 작품 활동을 시작했다. 시집『부러진 나무에 귀를 대면』『씨앗/통조림』과 세 권의 윤동주 이야기『처럼― 시로 만나는 윤동주』『나무가 있다 ― 윤동주, 산문의 숲에서』『서른세 번의 만남 ― 백석과 동주』를 펴냈다.

주인 잃은 신발

이미 체념에 익숙한 갈매기들은
눈물 없이 강 위를 횡단한다
강가에 도열한 유대인들
신발 벗고 맞은편 궁성을 보는 순간,
등 뒤에서 총알이 관통한다.
총알이 닿기 전에 먼저 몸을 던진
마른 막대기들 꺼먼 물살에 가라 앉는다.
붉게 물든 다뉴브 강가에 남은
녹슨 신발 예순 켤레*

부다페스트 강가에는
아끼며 껴안던 연인의 구두
아빠 엄마 짝짜꿍하던 아이 신발도 있다.

제주도 정방폭포 소남머리는 인간도살장
개머리판에 눈알 빠진 아비는 폭포 아래 떨어지고
학살당한 서호리 주민들, 마을 소들 기이하게 울었다.
오십여 시신에 엉켜 썩어 구분할 수 없는 어머니
시신 없는 헛묘들

화살십자당**과 서북청년단

악마의 살해 공식은 간단하다
악마성을 지키기 위해
가장 투명한 물을 가장 진한 핏빛으로 물들인다

정방폭포에, 다뉴브 강가에
작은 양초와 조약돌
주인 없는 신발들

* '다뉴브 산책로의 신발들'(The Shoes on the Danube Promenade)은 강
  가에서 학살된 유대인들을 추모하려고 2005년 조각가 귤라 파워
  가 제작했다.

** 화살십자당(Arrow Cross)은 살러시 페렌츠가 만든 파시스트당으
   로 유대인 1만 5천명을 사살하고, 8만 명을 강제수용소로 보냈다.
   살러시 페렌츠는 전쟁 후 사형 당했다.

검은 흙의 심장

돌아갈 수 있을까
검은 대평원을 떠난 나는
건반을 건너는 여린 가지

봉기에 실패한 바르샤바 역에서
떠나는 나에게 친구들은 검은 흙을 주었다
봉기가 뭔지 혁명이 뭔지 몰라
다만 나는 심장으로 연주할 뿐

연습할 때 피아노 위에 놓인
검은 흙의 어머니
검은 흙의 폴란드

봉기와 혁명의 대열 끝에서
북도 치지 못한 나는
낮밤 없이 곪아가는 폐를 짜내며
심장으로 건반을 두드리네

서른아홉 살, 영국으로 연주하러 가요.
눈물을 폴란드 평원처럼 연주해요.
쓸쓸한 심장들, 위로 받으세요

누나, 나는 심장으로 곡을 써

어머니, 나는 심장으로 피아노를 쳐요.

* 러시아 귀족 앞에서 연주하기 싫어 파리로 망명하는 쇼팽
(1810~1849)에게 친구들은 폴란드 검은 흙을 병에 담아준다. 39세
의 나이로 사망한 쇼팽의 심장은 현재 조국 폴란드 바르샤바 성
당 기둥에 놓여 있다.

마지막 최고의 노동

파리나 매미가 죽으면 먼지로 사라질까
조금 나은 코끼리는
모여서 코끼리 무덤을 이루고,
인간은 죽어서 인류를 완성한다

집 나간 자식도 아비의 장례식에 와서
가족이라는 윤리의 울타리를 확인한다
전사가 죽으면 늙은 동지들이 모여
추모시를 낭송하고 남은 투쟁을 약속한다
국가를 위해 목숨을 던진 영웅은
웅장한 기일에 기념일에서 추앙된다

죽음은 공동체를 위해
개인이 할 수 있는 최고의 노동이다*
장례식과 추도회를 하며
우리는 가족과 조직과 국가의 인류를 축조한다

인간만이 그럴까
구더기가 죽어 거름으로 변하면
나무는 온 힘으로 거름을 빨아올려
고목으로 쓰러지고, 그 고목에서 버섯이 자라고

버섯을 먹고 사슴이 숲에서 뛰어다니다가
자연으로 돌아가는 신성한 노동을 한다

시집에 넣지 못할 추모시를 낭송하는 나는
수신인 없는 편지를 보내면서
그들과 마신 커피를 회억한다

파리처럼 매미처럼 구더기처럼
생명 다하기까지
무덤을 이루는 코끼리처럼
마지막 최고의 노동으로 느릿느릿 향한다

* 죽음은 개인 자신이 인륜적 공동체를 위해서 떠맡는 완성이자
  최고의 노동이다. (헤겔, 김준수 역, 『정신현상학』, 아카넷, 434면)

글 쓰는 기계

매일 한두 권의 기증본이 오는데
기계는 봉투를 뜯어볼 여유도 없다
잘 받았다는 짧은 문자나 답신도
이미 기계는 잊었다

사실 기계들은 자기 프로그램을
업데이트할 기계적 고독이 필요하여
자기만의 기계실에서 밤새 작동한다

그를 누구도 볼 수는 없겠지만
껍질이 날아간 뼈다귀 로보트
등 뒤 상자 서너 박스에는
유영을 멈춘 지느러미들
생선 집 좌판에 파리 날리는
근간 시집들이 옆으로 누워 있다

그의 얼굴은 점점 기계를 닮아가고
책 모양 사각형으로 바뀌어
옆으로 누운 가자미,
눈알과 손가락만 남아
상상력이 냉동되면 어떤 창작도 발휘하지 못한다

너무 많은 과거의 형태와 언어가

얼어붙어 더이상

신선한 속살을 드러내지 못하는 이 기계에게도

어느 날, 컨베이어에 실려

뜨거운 화덕에서 태워질 운명이 다가온다

단추

옆 사람이 심하게 졸고 있다
객차가 흔들릴 때마다 내 어깨에 머리를 박는다
검은 넥타이를 보니 상가에서 밤새우고
자부럼 출근하는가 보다

와이셔츠 단추 하나가 떨어지려는데
꿰매지 못하고 그냥 나왔다
그나 나나 비슷한 처지라며
작은 단추가 봉지처럼 달랑거린다

가만 어깨 베개 대줬더니
손에 들린 신문처럼 반대편으로 넘어간다
반대편 사람도 저무는 어깨를 대준다
단추도 우리도 악착같이 붙어 있다

김종인

분단시대

　　경북 금릉 초실 출생, 1983년《세계의 문학》에 작품을
발표하며 등단했다. 시집『홍어기의 꿈』『아이들은 내게
한 송이 꽃이 되라 하네』『별』『나무들의 사랑』『내 마음
의 수평선』『희망이란 놈』을 펴냈다.

삼도봉

고추밭이 타들어 갑니다
담배밭이 타들어 갑니다.
가뭄이 한도 없이 계속되는 해인에서
삼도봉 오르는 길은 험악합니다.
사시장철, 맑은 물 흐르던 부항천에도
하얗게 돌들이 맨살로 땡볕을 받습니다.
백두대간 굽이쳐 내려오다
지리산을 향해 휘어지는 곳
경상, 전라, 충청의 한가운데
삼도봉 가는 길은 팍팍합니다.

민주지산은 또 얼마나 의연한지요.
계곡과 나무와 꽃과 바람 하나까지
다채롭게 간직한 오묘한 민주의 섭리가
자연 속에서도 백성이 주인이며,
나무며, 꽃이며, 짐승까지
모두가 주인이라 가르치는 듯합니다.

조선 팔도 남북으로 허리 잘린 것도 모자라
충청이니, 경상이니, 전라니 하면서
여전히 선거 때마다 지역감정 부추기고

경상, 전라, 충청을 식읍인 양 주무르면서
지역분할론이다 지역할거주의다. '우리가 남이가' 하
면서
삼도봉 오르는 길 세 갈래만 있는 양 선전해 왔습니다.
삼도봉은 민주지산 이웃하여 늘 부끄럽습니다.

삼도봉 사람들은 매년 수백 명씩 떼 지어
전라도 무주에서 삼도봉 올라옵니다.
충청도 영동에서 삼도봉 올라옵니다.
경상도 김천에서 삼도봉 올라옵니다.
서로가 반가이 악수하고 산신께 제사 올리고
북이며 장구, 꽹과리와 징을 울려 '얼쑤!'
펄쩍펄쩍 뛰면서 외칩니다.
삼도삼군 물난리며, 가뭄이여 물러가라.
핫바지론이며, 핵폐기물장 건설이며, 돈 선거는 물러
가라.
서로가 감추려 하지 않고 털어놓고 말하니
통일도 이와 같이 사람들이 자주 만나 얘기하고
술 마시고 서로 의견을 나누다 보면
삼도봉 꼭대기에서 하나 되는 것과 같이
억새꽃 하얗게 통일되는 것 아닌지요.

봉화가 오릅니다. 통일의 꽃불을 올립니다.
이 땅의 통일 방해하는 총칼은 물러가고
핵무기와 독재 잔재는 물러가고
5·18 가로막는 모든 것 물러가고
이 땅 다시 하나 되는 세상 올 때까지
삼도봉에서 바라보는 통일의 불꽃은 아름답습니다.
삼도봉에 모여 밤을 새우는 사람들 모두
이제 찬란한 아침 햇살을 맞으며
바짓가랑이 적신 이슬을 털며 내려와
각자의 삶터로 돌아갈 것이지만
삼도봉은 민주지산과 나란히 서서
통일 그리움의 불꽃 간직한 사람들
오르고, 오르고 또 올라오기를 기다리며
계곡 물속의 가재와 나무와 꽃과 같이
능선에 하얀 억새로 흔들릴 겝니다.

아침 이슬

아침 이슬을 부르며
눈물을 흘리는 것은
비단 칠공팔공만이 아니다.

새벽 거리를 고양이처럼 걸었거나
단봇짐을 싸서 고향을 등질 때
바짓가랑이 적시던 이슬처럼,
신새벽, 새벽별을 기억하리라

마침내, 포도鋪道 위에서
종이를 태우며 아픈 눈물을 흘리던
최루탄의 추억 때문인가

눈두덩을 비비며
눈물 콧물 흘려본 사람의
긴 밤 지새운 아침 이슬의
기억이란 무엇인가

이제 더 이상, 슬프다
허무하다, 덧없다, 하지 마라
아침 해가 찬란하게 떠오르면

시나브로, 흔적도 없이 사라지는 것
또한, 운명이다.

대저 인생이란,
아침 이슬과 같다고
조조는 말했다.

무위자연無爲自然

산은 늘 거기 있으므로
변하지 않는 것처럼 보이지만,
변하는 것이야 사철, 조금 다르게 보일 뿐
언제나 그대로인 것 같지만
아니다, 계곡으로 들어가 보라
수시로 본연本然을 바꾸며 늘 새롭다

나무는 나무대로, 풀은 풀대로
구름은 구름대로, 바람은 바람대로
계곡을 흐르는 물소리까지
새와 벌레, 모든 날아다니는 것들까지
만상萬象을 품고 무시로 모습을 바꾼다

형상을 바꾸려 하지 말라
본연의 모습으로 내버려 두라
무위자연無爲自然!
시냇물은 강에서 만나 즐거워하고
강물은 바다에서 만나 기뻐하리니

바람에 실어 보낸 아픔처럼
운해雲海에 감추어진 그리움처럼

산의 뜻대로,
인샬라(Insha' Allash)

강변에서

직지천 강변공원 밤 아홉 시
서늘한 바람은 어디서 오는가

천 개의 물살이 빛나는가
달은 즈믄 강에 다 비치니
중복의 무더위를 물리치고
서늘한 바람은 어디서 오는가

저 냇물 속인가, 황악산 골짜기인가
작은 보에서 떨어지는 물소리도
세월이 지나면 그리워지리라

물소리 아득해질 때까지 걷다가,
소리가 사라지면서 천지적막天地寂寞,
비로소 달이 조요하게
강물 위에 아름답네

허드슨 강가이거나, 고요한 돈강
직지천에 비치는 것이 무어 다르리
달은 높이 떠 세상의 만물을 다 비추니
오, 그렇게 살 일이다

직지천 강변공원 서늘한 바람은
어둠 속 적막寂寞에서 불어온다
직지直指의 손가락 끝에서 불어온다
물살을 타고, 천천히 어둠으로 온다.

개나리

우리나라 토종 개나리는
잎이 나기도 전에 꽃이 핀다
통꽃으로 네 갈래의 노란 꽃부리
개나리꽃도 지고 나면 열매를 맺는다
계란 모양이거나, 약간 편평하고
씨앗은 흙색으로, 날개가 달려 있다.

봄이면 노랗게 부활하는 자
노란 초롱a golden–bell tree 같은
꽃들의 종소리 울려 퍼지면
누가, 한반도를 노랗게 물들였었나!
다시 그의 목소리 들을 수 있나?

해마다 봄이 오면
개나리가 노랗게 피듯이
다시 그의 모습을 볼 수 있나
우리들의 가슴에 진정한
민주주의의 씨를 뿌린 사람
마침내 통렬하게 이 땅에
붉디붉은 선혈을 뿌린 사람

잎에 가려 보이지도 않는 열매 속에서
조선 토종 흙빛의 씨앗이 되살아나는
황홀한 부활의 혁명을 볼 수 있을까
도장지徒長枝에 달린 잎이 나기 전에
폭포처럼 울려 퍼지는
노란 종소리를 들을 수 있을까

오, 봄이 오면
잎이 나기도 전에 꽃을 피우다가
무시로 땅에 떨어져
대지를 온통 노랗게 물들이는
아지랑이 같은 그리움.

분단시대

충북 보은 출생. 1984년 《분단시대》, 1985년 『16인 신작
시집』(창비)을 통해 작품 활동을 시작했다. 시집 『푸른
벌판』『슬픔을 감추고』『그대 진달래꽃 가슴속 깊이 물
들면』『촛불을 든 아들에게』『별 하나를 사랑하여』를 펴
냈다.

백두산의 얼굴

멀리 만병초 꽃 둘러싸인 범접할 수 없는
신성한 인물들의 이름이 새겨진 백두산 가는 길
둥근 달이 휘영청 밝게 웃는다

처음이자 마지막이 될 수 있는 밀영의 숲
간밤 달이 뜨기 전 빛나는 별들의 합창 소리
바람 불어 내리는 이슬방울 영롱한 별
삼지연 들쭉술 향기 그윽한 아침

밤이 새기 전 오르던 자작나무 숲에
어제 울던 그녀가 조국의 광복을 위해
싸우다가 잠들어 있는 구름 송이 꽃밭
정일봉 박우물 샘가 피었다

동지는 간 곳 없고 태백준령 넘어온
사나운 높새바람 고원을 따라
두만강을 건너가는데
조선의 남쪽 시인의 발걸음
백두의 얼굴이 빛난다

한 번도 만난 적 없던 동지의 손 잡고

장군봉에 올라보니 아주 멀리
청산리 봉오동도 보인다
홍범도 장군이 올랐던 백두산
그리운 사람의 얼굴은 빛난다

일본군도 물리치고
어떤 외세도 물리쳐버린 광복군
그대 얼굴과 내 눈이 백두산 닮았다
떠오르는 주먹만 한 별과 둥근 달
천지에 잠길 때
내 영혼의 붉은 심장을 꺼낸다

분단의 시대 철의 장벽

외세가 만든 벽에
그림을 그리고 춤을 추고 거기서 노래하는
철조망보다 더 무서운 것은 독재자다
망이 망소이 갈 처사 홍경래 전봉준
효수되어 한양 저잣거리에 내걸렸을 때
이미 허물 수 없는 철의 장벽 있었다
아메리카 양키 미 대사관 성조기
백 년의 식민지 조국 깃발 되었다

일본군 떠난 곳 용산 미군기지 오염된 땅
거기 국방부 건물로 대통령실 옮겼다
용이 승천한다는 용산 이태원 골목에
떼죽음을 당한 젊은이들 혼백이 머물고
저주처럼 내리는 폭우를 견디며
북극 백곰도 오로라의 기후 위기를 만났다

군산 미군기지는 캘리포니아 땅이었다
주소가 아메리카였다
평택 미군기지 반대하러 갔다가 만난 경찰은
국민의 생명을 지키지 않아 험한 꼴 당했다
벽에다 시를 쓰고 정태춘 박은옥 노래를 부르고

김원중의 직녀 눈물을 흘린다

분단의 장벽은 한강을 남북으로 가르는
강남 재벌의 부자 아파트가 증거였다
한국전쟁 때 신의주 원산과 평양이 구석기 시대로
융단폭격 잠자는 새벽 당했다
수십억 수백억 아파트가 분단의 벽
거기서 꿈꾸는 여의도 정치가들 가면의 벽
분단문학을 노래하는 시대는 끝났다

서정시의 꽃

막걸리를 좋아했던 시인
낙타를 타보지도 못했지만
사막에 피는 꽃이 있다고 들었지만
한 번도 보지 못한 꽃들이 시장바닥에
펄펄 뛰는 생선 어판장 어시장에서
하얀 살을 베어내기 위한 칼을 기다린다

내 죽으면 시 한 편 써달라던
간절한 요구도 들어주지 못하고
육거리 시장 남주동 골목 색시가 있는 곳
웃으며 쓴 나물을 먹으며 고등어 한 마리 구워
소주를 마시며 걱정이처럼 웃는다

언제 조치원 역에 가자고 거기 가면
오만원권 지폐 한 장이면 국이 된다고
좋아 웃던 시인에게 묻는다
권력과 부귀영화와 돈 그것은 중요치 않아
꽃 한 송이라도 들고 사랑하는 것이라면
떠나간 것들에게 경의를 표하잔다

서정시는 그냥 써지는 것이 아니고

모래바람을 맞아보고 낙타와 더불어
오아시스 아닌 곳에서 잠을 청해보잔다
그래야 제국주의 도시 뉴욕을 읽을 수 있다고
유학생 아들이 출세하여 교수가 되고
그래야 그때 서정시가 써진다고
흐린 눈을 지긋이 뜨고 말했다
사막의 별은 떨어진 지 오래다

모란봉 을밀대 그리고 냉면

한복을 곱게 차려입고
옥류관 식당에서 만난 북녘의 아가씨
그녀가 내오던 냉면 한 그릇이
세상에서 제일 맛있는 점심이었다

칠월의 청포도 주렁주렁한 과수원
쟁반에 모시 손수건은 없었어도
들마루에 앉아 옛이야기를 나누던
친구들도 하나둘 서둘러 떠났다

헤어질 때 받았던 눈물의 손수건 한 장이
대동강 물에 추억이 되어 흘러간다
자본주의 남쪽에서 옥류관 냉면 맛을
아직도 그 맛을 잊지 못하는 늙은 청년이
흰 구름에 담배 연기를 날린다

덧없이 흘러간 세월 남북의 공동선언도
코를 풀어 내버린 휴지처럼 쓰레기통 속에
새소리도 바람 소리도 별의 눈물도 똥 되었다
멀리 산 산 산 흰 구름 검은 구름 흘러간다

평양 고려호텔 만난 작가들도 절반은 세상을 떴네
남쪽의 작가들은 백수 천수를 누리고 있고
일본군에 끌려가 노예로 살던 사람들도 떠나고
일장기를 내걸고 성조기를 흔들어야 속 시원한
늙고 철없는 것들만이 잘살고 있는
남산 아래 용산 그것들도 냉면 맛은 알걸

시인이라고 하는 것들

요즘 시인이라고 하는 것들은
고급 외제 승용차 거기에 푸들을 태우고
강남의 호텔 바에서 노래를 들으며
붉은 포도주에 입술을 담그고 나폴레옹 양주
하루 저녁에 법인카드를 수백 수천씩 긋고
그래야 멋진 시인이란다

시인도 계급 시대 고급시인 저급한 시인
나는 어떤 저급한 시인 싸구려 시인일지
원고료도 없고 강연도 못 하는 바보 시인
오백 권도 팔리지 않는 시집을 내고 자랑한다

적어도 상은 백석 상, 소월 문학상, 한국문학상
어떤 상을 받았는가 정지용, 전태일 문학상이라도
시인도 상금으로 분류된다 일억 시인 오천 시인
하물며 백만 원이라도 벌어야 시인이란다

압구정동 시인이 가장 많다고 소문 무성
서울 경기도에 시인 집중 팔리는 시인들
강연료도 몇백만 원 시대
국정 교과서에 시가 실려야 비싼 시인이다

시인이라는 것들이 또 권력은 제일 아낀다
회장 아니면 이사장이라야 제격이다

시인이라는 것들이 의식은 없고
무당이나 천공 같은 용산 대통령 출세자 되길
본보기로 삼는 쓰레기들이 넘친다
시인을 반납하는 통은 어디에 있지

김희식

분단시대

충북 청주 출생. 1984년《분단시대》로 작품 활동을 시
작했다. 옥중 공동시집 『이렇게 시퍼렇게 살아』, 시집
『유월의 거리에 서서』를 펴냈다.

쓸쓸한 상처

나이 들며 사무친다
산다는 게
참 쓸쓸한 일임을
입안에 털어 넣는
독한 외로움
밀려 살아가는
바람 같은 삶
저리게 바라보는
저 구름 저 하늘
쓸쓸한 상처여
삶의 경솔함이여

조팝꽃 필 무렵

예전 같지 않게
술 몇 잔에
툭하면 몸이 무겁다
저 혼자 살면서도
이렇게 몸이 아파지면
내려놓을 것이 많아
마음만 바쁘다
밤새 온몸 달떠
베갯잇 적시며
돌아보는 삶의 뒤안길
설핏 꿈결에 잠겨
그려보는 얼굴
투명한 아픔이여 상처여
새벽은 벌써 문 앞에 서성인다
조팝꽃 필 무렵
하늘 낮게 나는 새
자꾸만 뒤돌아본다
그리워 운다

들꽃 눈부시다

쓸쓸한 봄날
깨어진 술병 너머
가끔 낮은 울음으로 찾아드는 그곳
풀섶 고이는 고단한 노동과
낮게 깔린 지붕에 매달린
한 그릇의 밥과 사랑
야윈 강둑
부스러진 흙더미 위
차마 구겨진 신문의 아우성
겨우내 앓던 하얀 그리움으로
마른 슬픔으로
한바탕 봄 하늘 뒤척이는 것
얼마나 비 내리고 바람 불어야
얼마나 더 남몰래 울어야
뜨겁게 활활 피어오를 수 있을까
가만 눈 마주치며
출렁 다가서는 황홀한 두려움
사내들의 질끈 감은 눈에서
뚝뚝 떨어지는 햇살
들꽃 눈부시다

어허, 나무가 꽃이 되었다

어허, 나무가 꽃이 되었다
참 가슴 저리다
꽃이야 피었다 사라지면 그만이지만
나무는 제 온몸 다 바쳐 꽃이 되는 것을
침묵으로 기다려 올곧은 가슴으로
저리도 고운 꽃이 되는 것을
내 삶의 고갯길 오르자 알게 되었다
뜨겁게 한평생 새처럼 살지 않은 것들이야
흔들리며 휘어이 기다려보지 않은 것들이야
화들짝 피었다 사라지는 가벼운 바람인 것을
산마다 노을 지는 하늘의 구름 되어 뜨겁게
불꽃으로 숨죽여 피어나는 나무
잎 지고 눈 내려 가지마다 새하얗게
눈부신 꽃 피어나는 것을
저렇게 강이 흐르는 것을
제 온몸으로 피는 나무는 알고 있다

가을에 나는 운다

가을이 울음 우는 것은
붉은 노을빛 물든
바람을 안고 있기 때문이다

가을이 흔들리는 것은
하얀 그리움 물든
달빛이 지고 있기 때문이다

바람이 불지 않아도
나뭇잎은 떨어진다
주름진 얼굴에 하늘이 머문다

다시는 오지 않을 길
눈물로 적시는
상처투성이 이파리 물든다

어차피 울음도 버려야 할 것을
새조차 날지 않는다
지는 가을 바람결 닮았다

이런 날이면

사람이 시리도록 그립다
깊은 가을 슬픔을 삼킨다

가을에 나는 운다

도종환

분단시대

충북 청주 출생. 1984년《분단시대》로 작품 활동을 시작했다. 시집『고두미 마을에서』『접시꽃 당신』『지금 비록 너희 곁을 떠나지만』『당신은 누구십니까』『흔들리며 피는 꽃』『부드러운 직선』『슬픔의 뿌리』『해인으로 가는 길』『세시에서 다섯시 사이』『사월 바다』『정오에서 가장 먼 바다』등을 펴냈다.

파멸의 시간은 홀로 오지 않는다

역병이 시작된 첫해
오스트레일리아에서는 산불이 대륙을 붉게 태웠다
불길은 태평양 건너 아르헨티나 쪽으로 연기를 내뿜
었고
뉴질랜드 산악 위쪽에 쌓인 흰 눈을 갈색으로 바꾸었다
불길은 오스트리아와 헝가리 국토를 합한 면적보다
넓은 땅을 잿더미로 만들었고
십억 마리가 넘는 숲속 동물을 산 채로 태웠다

박쥐 몸속의 바이러스가 밖으로 나온 것도 그때였다
고온으로 하늘을 나는 박쥐에게 붙어 살아가는
높은 온도의 바이러스는 몸 밖으로 달려나와
농장에서 일하는 남자들 가슴에 통증을 일으켰고
기침이 터질 때마다
비말을 타고 이웃으로
이웃 나라로 날아갔다

메뚜기 떼가 동아프리카를 휩쓸던 것도 그때였다
메뚜기 떼가 지나가면 초록은 순식간에 사라졌다
이동을 시작하면 뉴욕 면적 세 배 크기로
세상을 캄캄하게 덮었다

수백만 명이 먹을 식량을 삼켜버렸고
메뚜기 떼 시체가 철로에 쌓이면
기차는 거기서 씩씩거리며 멈추어야 했다
묵시록에서 예언한 최후의 날이 오는 것처럼
메뚜기 떼는 날아오르고
몇 세기를 거쳐 내려오고 있던 말
파멸의 시간은 홀로 오지 않는다는 말이
곳곳에서 현실이 되어 나타났다

역병이 아메리카, 아시아만을 휩쓴 게 아니었다
여섯 대륙을 초토화하였다
요양원에 격리되어 있던 많은 노인들이
격리 상태로 세상을 떴다
손잡아 주거나 마지막 말을 들어주는 이도 없이
분주한 발소리만 듣다가
혼자 죽음의 시간을 건너가야 했다
눈물도 없이
이별의 순서도 없이
검은 비닐 가방으로 옮겨지게 한 것은 못 할 짓이었다
화장 날짜를 잡지 못한 채
몇 주씩 방치되어 있는 주검이 많았다

그렇게 죽어간 이들이 육백 만 명이라 하는데
세계보건기구조차 그보다 두세 배는 많을 거라 했다

젊은이들은 살아남았다
그러나 야생 박쥐들은 더 많이 살아남았다
설치류 다음으로 개체 수가 많은 게 박쥐라서
숲과 서식지를 밀어내는 강대국 중장비 소리에
스트레스를 받아 온몸이 끓어오른 채
몸 가득 왕관 모양의 바이러스를 품고
수백 킬로미터씩 날아다니는 박쥐는
훨씬 더 많이 살아남았다

파멸의 시간은 홀로 오지 않는다는 말이
곳곳에서 현실이 되어 다시 나타날 것이다

끝이 아니다

이게 끝이 아닐 수 있다

작년 시월 이백 톤이 넘는 정어리 떼가
마산 앞바다에 와서 죽었다
십 년 전 후쿠시마 원전이 터지던 그해에도
오백 톤에 달하는 정어리 떼가 집단으로 폐사했고
올해 2월 니키타현에서 엄청난 정어리 떼가
해변에 밀려와서 죽었다
바닷속에서 정어리들을 공포에 떨게 한 어떤 것이
있었을 텐데 우리는 그걸 모른다
예민한 그들이 놀라 쫓겨 다니다
바다에서 가장 먼 곳으로 몸을 피해왔고
돌아가자고 해도 돌아가지 못할 정도로 두렵게 만든
무언가가 있을 텐데 우리는 알지 못한다
그걸 지진의 전조나
바다 밑바닥에서 꿈틀거리는 뜨거운 어떤 것이
그들을 도망치게 했을 것이라고도 하고
육지 끝 바닷가까지 몰려왔다가는
산소 부족으로 죽고 만 것이라고도 한다
어민들은 정어리들이 모두 입을 벌리고 죽어 있는 걸
목격했는데

마지막으로 무어라 말했는지
비명을 지르며 우리에게 한 말이 있었을 텐데
그걸 아직 우린 해독하지 못하고 있다
다만 이게 끝이 아닐 수 있다는 것이다

이게 끝이 아닐 수 있다

꿀벌이 집단으로 죽어가고 있다
올해도 겨울이 지난 직후 수십억 마리가 죽었다
일찍 따듯하다가 갑자기 추워지는
날씨 때문이라는 이도 있고
여름 우기나 폭염 때문이라는 이도 있고
응애 때문에 약제를 과도하게 사용해서 그렇다는 이도
있다
헬기나 드론으로 뿌려대는 살충제로 장수풍뎅이도 죽
는데
꿀벌이 어떻게 살아남겠느냐고도 한다
그러나 정작 꿀벌에게 물어본 이는 없다
왜 그들이 돌아오지 않았는지
늘 돌아오던 길에서 길을 잃고 사라졌는지
왜 벚꽃이 바들바들 떨면서

꿀벌들의 얇은 날개를 오래오래 지켜보고 있었는지
왜 아카시꽃 얼굴이 그렇게 창백해졌는지
벌들은 자기 죽음을 어느 곳으로 몰고 갔는지
우리는 모른다
다만 이게 끝이 아닐 수 있다는 것이다

이게 끝이 아닐 수 있다

이게 끝이 아닐 수 있다
이번 달 캐나다에서는 한꺼번에 사백 개가 넘는 산에서
산불이 발생했다
기후 변화가 이런 조건을 가속화한다는데
나무와 숲과 짐승들을 태운 연기가
국경을 넘어와 종일 오렌지색으로 도시를 덮었다
놀란 새들은 하늘로 치솟아 오르며
새끼들과 헤어졌는데
연기 속에서 영영 다시 만나지 못했고
내려앉을 곳조차 찾지 못하였다
자유의 여신은 짙은 산불 연기를 피하지 못한 채
오래 그 자리에 서 있어야 했고
브로드웨이 공연이 중단되거나

양키스와 화이트 삭스의 야구 경기가 취소되는 건
사건도 되지 못했다
산불 연기는 일천 킬로미터나 떨어진
노스캐롤라이나 하늘까지 흐리게 만들었다
적색경보 아래 놓인 인구가 일억 명이 넘는다고 했다
그런데도 올해 캐나다 산불은 시즌 초기라고 했다
지구는 더 뜨거워질 수밖에 없는데
이게 끝이 아닐 수도 있다는 것이다

철쭉

진분홍 철쭉이 영산홍과 섞여 피어 있다
오후에 비가 내리다 그친 뒤라
꽃잎에도 초록 잎에도 빗방울이 맺혀 있다
영산홍과 철쭉은 제가 피어 있는 이곳이
어떤 곳인지 알지 못하리라
밖에서는 이곳을 천박한 곳이라 한다
나는 천박한 곳에서 십 년 넘게 일했다
세상에서 가장 중요한 일을 하면서
척박해져 가는 사람들과 섞여
혼탁해져 가고 있다고 해야겠다
갈수록 환멸과 싸우는 시간이 많아진다
사람의 운명
국가의 운명이 걸린 일을 결정하는 곳에서
환멸과 혐오와 고함과 조롱을
매일매일 맞닥뜨린다는 게
견디기 힘들었다

너는 왜 거기 있느냐고 묻는 이들이 있다
깜깜한 곳으로 들어간 우매한 처신은
비난받아 마땅하다 말하는 이도 있다
그 말이 맞다

빛으로 가득 찬 몸으로 살고 싶었다
맑은 물에 사는 열목어처럼 살 수도 있었다
그러나 진흙탕 속에서 꽃대를 밀어 올리려고
발버둥 쳐 보지 않은 자는
한낱 서생에 지나지 않는다
이 척박하고 살벌한 곳에서 진검승부를 해 보지 않고
세상을 안다고 말하는 자는 가짜다
여기서 발버둥 치며
중대재해로 죽어가는 노동자를 방치하지 못하도록
처벌하는 법을 만들고
여수 순천에서 억울하게 죽어간 원혼들을 위한
해원상생법을 만든다
여기서 전업 예술인들이 굶어 죽지 않고 최저생계를
꾸려나갈 수 있는 예술인 고용보험 제도를 만든다
어떤 법은 이십 년이 걸리고
어떤 제도는 십 년이 걸린다

너는 왜 거기 있느냐고 물을 때마다
제대로 답을 못 하고 자책하곤 하지만
답답하고 비효율적인 민주주의를 끌어안고
빛을 향해 낮은 포복으로 기어가는 곳

여기 이 진흙탕에 뒹굴어 보지 않은 자는
세상의 개벽에 대해 말할 자격이 없다
가짜도 많지만
순금 같은 이도 적지 않다
비린내 나는 것들만 가득하다고 손가락질하지만
은빛 진주알을 품은 조갯살도 비린내는 난다

돌아보면 경멸과 질시와 비난과 혐오가
미세먼지처럼 자욱한 곳이지만
먼지를 털고 문을 나서는 저녁
진분홍 철쭉이 고개 들어 나를 바라본다
철쭉꽃 흔드는 바람이 후두둑 빗방울 털어내며
나를 흔드는 저녁

우리는 참으로 가혹한 시간을 통과하고 있다
우리는 참으로 혹독한 공간을 지나가고 있다

두 손

저녁기도를 하기 위해

두 손을 모으자

왼손이 오른손을 가만히 어루만진다

연장을 잡고 위험한 일을 감당할 때나

흙 묻은 장갑 속에서 고되게 움직이곤 할 때

왼손은 오른 손에게 미안했다

끈적끈적한 걸 만지고는 움찔하여

서로를 씻어주고 다독이던 시간도 있었지만

더러운 것들 속을 더 많이 드나든 건

오른손이다

거칠고 사나운 것들과 만나는 일도 더 많았고

낯설고 어색한 손을 자주 잡은 것도

오른손이다

잘못하고 후회하며

몸 뒤로 숨고 싶어하던 오른손을

왼손은 말없이 쓰다듬고 쓰다듬는다

매듭을 풀 때나 묶을 때도 함께 움직였으니

기도를 할 때도 함께하자고

빈손이 되어 돌아온 오른손을

왼손은 애처로운 몸짓으로 어루만진다

태백

그곳엔 사람보다 산과 나무가 더 많다
낯선 사람들이 들어오면
빼곡하게 들어선 나무들이
고개를 내밀어 사람 구경을 하곤 했다
산짐승들도 근처를 옮겨 다니며
골바람에 섞여 오는 사람 냄새를 맡다가
올라가곤 했다
동학의 젊은 지도자들이 교졸들 추적 피해
들어온 곳이기도 했다
암반 위에 낙엽 깔고
나무뿌리 곤드레 씹으며 열사흘을 견디던 스승이
서로 품고 암벽 아래로 뛰어내리자고 하자
우리가 죽으면
우리 이름은 십 년 안에 잊힐 것입니다
한울님 공경하고
한울님 가슴에 깊이 모시는
이 도는 누가 설원雪冤하며
누가 세상에 드러내게 할 것입니까 하고
스승을 말린 곳도 이 깊은 곳이었다
그들이 시천侍天의 빛깔이 몸 안에 스며 있다고 하던
굴참나무도 물푸레나무도 그 말에 고개를 끄덕였다

호랑지빠귀도 산까마귀도 그 말을

다른 새들에게 전하였다

그곳엔 지금도 사람보다 산과 나무가 더 많다

분단시대

경북 성주 출생. 1981년《세계의 문학》에 작품을 발표
하며 등단했다. 시집『잠든 그대』『다시 사랑하는 제자
에게』『백두산 놀러 가자』『흔들림에 대한 작은 생각』
『겨울 가야산』『별들의 고향을 다녀오다』『우리들의 수
업 풍경』, 시선집『서문시장 돼지고기 선술집』『소례리
길』외, 저서『이 좋은 시 공부』를 펴냈다.

꽃

너를 거쳐 내 세상에 온 것은

모두 꽃이다

그래, 굿 모닝

　동네 하수도관 매설 공사장 부근, 포클레인 삽날에 뿌리 뭉텅 잘려 뒤집어지고, 산 같은 흙더미에 짓눌려 모가 지만 빼꼼 허공에 삐져나온 들국화 한 줄기, 오늘 아침 쪼그맣고 노오란 꽃망울들을 내 눈앞에 불쑥 내밀며, "아저씨, 좋은 아침!" 한다

　......

　그래, 굿 모닝이다!

가야산은 가야산

가야산 가파른 북사면北斜面이 훤히 보이는 이쪽 성주
독용산 능선, 할머니 무덤에선 등 굽은 적송 허리 걸터앉
은 가야산 상봉이 확, 다가와 가슴에 안길 듯했다. 이 무덤
자리에서 조선 문필가 나온다고, 보리쌀을 두 말이나 주
고 모셔온 지관地官이 말했다고, 어머닌 할머니 무덤 절대
이장하지 마라 하셨다

수륜초등학교 가는 길 동편 신작로 재만대이*서 보면
가야산은 사과꽃 복사꽃 살구꽃에 꿀벌 잉잉대는 소리로
떠나가는 4월 무렵까지, 그늘 깊은 골짝 허리에 허연 눈얼
음을 품고 있었다.

산 너머 해인사 홍제암 등산로 따라가면 산길 막바지
쯤에 갑자기 경사 급한 바위틈으로 산정 오르는 험로가
나오는데, 후배 선생님의 세 살 난 아들 통일이를 번갈아
업고 걸리며 올라가서, 누가 검은 매직으로 '전교조 대구
서달서지회 등반'이라 꾹 눌러쓴 마분지 피켓 번쩍 들고
찍은 사진 속, 나도 작은 바위 봉우리 하나 차지하고 앉아
웃고 있었다

학교 해직되고 가야산에서 몇십 리 떨어진 마을에 낙

향해 살면서, 두 아이 데리고 떡 감으러 들어가던 가야산 신계용사 계곡에선 가야산은 안 보이고 그늘진 계곡물만 차가웠다. 가을엔 단풍들이 벌겋게 물을 타고 건너왔고, 한겨울에 가 보면 쩡쩡 얼어붙은 얼음 위로 시퍼런 하늘이 폭포처럼 쏟아지고 있었다

가야산은 산이고 물이고 돌이고 나무고 바람, 그냥 언제까지나 가야산이다. 나 죽으면 가야산 흙 한 줌 될 거라고, 그럼 벌초하고 성묘 지내느라 아이들이 산에 오르는 수고 할 필요 없이, 먼 데서 그냥 막걸리 한 잔 놓고 합장만 두어 번 하면 된다고, 큰 녀석 어릴 적에 말해 두면서 가슴으론 울컥, 올라오는 게 있었는데, 다 커서 제 아이 낳아 기르는 아비로 사느라 정신없는 지금, 다 잊어버렸는지 아직도 기억하고 있는지…… 모르겠다

*수륜면 소재지에서 북쪽으로 회연서원 가는 오르막길 꼭대기

암바라와 위안부 수용소
— 적도, 인도네시아

차마, 돼지우리도 아니었다
수만 리, 망국의 조선 딸들이, 노예로 묶여, 끌려온 이곳

뱃전을 덮치던, 태평양 검은 너울처럼, 끝도 없이, 밀려
드는, 일제가 풀어놓은, 야수野獸들
물어뜯고, 뱉은······ 낭자狼藉한, 피, 썩은
수챗물, 짓뭉개진 풀섶, 아래, 질펀히, 고여

흐르지 못하고, 고여, 남아 있는
이곳을

나는 무엇이라 부르랴

구멍 뚫린 천장, 곰팡이, 거미줄에 갇힌, 하늘로
새하얀, 적도의, 구름, 무심히, 무심히 지나가는
한 평 반,
한번 누우면, 일어설 수 없고
관 속 같은, 칙칙한, 벽이, 사방으로, 옥죄고 감아오는

그 바깥 모서리, 벽돌 한 장, 빠져나간 자리,
쌓인 흙먼지, 헤치고

꿈속에서도, 외치지 못한, 외마디
비명처럼, 솟아난

붉은 꽃, 한 송이

건기乾期의, 뜨끈한 바람에,
녹아내릴 듯이

아직도, 남아, 어디로도, 떠나지 못한

물고구마 이야기

부모님 따라 대구 변두리로 이사 나와 일곱 식구가 사글세 단칸방에 살던 내 어린 날 못내 그리운 것이 고구마였다. 고향에선 쌀밥은 못 먹어도 이모 집에서 얻어도 먹고 양식으로 심어도 먹던 고구마……

우리 골목 두 집 건너 대문이 큰 기와집에 사는, 나보다 두어 살 아래인 '꼬마돼지' 녀석, 딱지 치러 나올 땐 언제나 단물이 질질 흐르는 물고구마 한 개씩 갖고 와 야금야금 핥아 먹었는데, 정말이지 나는 녀석의 물고구마가 무지무지 먹고 싶었다. (구멍가게에서도 삶은 고구마를 팔았지만, 용돈이라곤 받아본 적이 없는 내겐 어림없는 일이었다.) 하지만 나보다 어린 녀석이라, 체면에 좀 달란 말도 못하고, 녀석이 날 약 올리느라 입에 넣었다 뺐다, 목구멍에 넘어간 놈도 다시 뱉어내 우물우물 삼키는 꼴이 너무 얄미웠지만, 나는 녀석이 하는 꼴을 그냥 바라만 보고 있었다

그런 어느 날, 고향 성주 이모 집에서 고구마를 한 자루나 보내와서, 나도 자랑삼아 삶은 물고구마 한 개 갖고 나갔는데, 녀석은 제 집 앞에서 먹다 남은 고구마 쥔 손을 재빨리 허리춤에 감추더니,(내가 그 꼴을 못 본 줄 알았는지) 슬슬 다가와선 비굴한 표정으로 다른 한 손을 내미는 것이었다

— 고구마 좀 도!

지금은 그때만큼은 고구마도 귀하지 않은 세상인데 억지로 잊고 살았던 그 옛날 기억들이 왜 자꾸만 꾸역꾸역 되살아오는 걸까. 세상은 왜 자꾸 거꾸로 돌아가고, 심장은 왜 자주 뜨거워지는 걸까

분단시대

경북 청송 출생. 1984년《분단시대》로 작품 활동을 시작했다. 시집『다시 봄을 위하여』『겨울산을 오르며』『지상의 아름다운 사랑』『어둠의 축복』『마네킹도 옷을 갈아입는다』『가끔은 길이 없어도 가야 하는 때가 있다』를 펴냈다.

겨울 산을 오르며

산을 오르면서
산을 배웠습니다.
산 위에 오른다는 것은
기슭부터 올라야 함을 배웠습니다.

산을 오르면서
내 앞에 우뚝 막아서는 산은
절망이 아니라 한 발 한 발 올라야 한다는 것을
배웠습니다.
발밑에는 부서지는 낙엽들이
온몸으로 부서지며
부서져 거름이 되는 아픔을 말해주고
검게 썩어 거름이 된 잎들은
침묵으로
자라는 나무들을 지켜보고 있습니다.

지금 내 안에는
내 아닌 반란하는 내가 있어서
그들을 잠재우기 위해
산을 오르면서
부서지는 낙엽들의 소리를 듣고 있습니다.

지금 내 앞에 우뚝우뚝 서 있는 산들은
절망이 아니다 절망이 아니다
한 발 두 발 올라야 하는 절벽임을
말해주는 소리를 듣고 있습니다.

선배님 전상서

봄이 왔습니다.

비만 내리고 봄은 오지 않았습니다.

하늘에는 늘 검은 구름이 있고

뿌연 흙바람에 가슴이 한결 무겁습니다.

선배님은 그 봄날

기다려라 내 참으로 시원한 바다를 보여주마 하고

학교를 훌훌 떠났습니다.

그동안 살아오면서 보여준

시원한 바다로의 길이

무엇인지 모르는 것은 아니지만

길을 치우고 닦아도 바다는 보이지 않고

길 위에는 먹장구름이 놓여 있는 것 같아서

봄은 오고 봄풀은 돋지만

늘 비만 내리고 가슴은 한결 답답합니다.

선배님 봄이 왔습니다.

하지만 선배님이 학교를 떠나던 것처럼

시원한 바다는 쉬 보이지 않고

또 푸른 바다는 가슴을 열고 기다리지도 않습니다.

참으로 시원한 바다는

어쩌면 보이지 않는 바다에만 있을 것 같아서

그 바다로 가는 길은 오랜 정성이 더욱 빛납니다.

지상의 아름다운 소망

까치밥 사과 위에 눈이 내렸습니다.
빠알간 사과 위에 하얀 눈이 내렸습니다.
사과밭에는 아무도 없습니다.
사과는 안으로 얼어들면서
까치밥이 되지 못할까 걱정입니다.
제 몸을 파먹을 까치가 없을까 걱정입니다.

아프가니스탄 소년의 사진

낙엽 지는 어스름 거리를 걸으며
신문을 펴들고 나는 그만 보았다

열 살쯤 되어 보일까
포탄의 연기가 피어나는 속에
아버지와 어머니가 죽은 옆에서
이마에 피 흘리며
찢어진 외투 하나 걸치고
멍청하게 쪼그리고 앉아
양미간을 찌푸리며
푸른 하늘에 떠가는 구름 하나 보고 있는
네 사진을.

나는 또 보았다
6·25 기록 사진 책에
제 모습을 보여주는 백발 사나이의 손끝에서
네 나이 또래의 서로 같은 모습의
한국 소년을 보았다.

50년의 세월이 지나
중앙아시아와 동아시아의

서로 다른 두 사진 속에 서로 같은 두 얼굴을 보았다
두 사진 속의 두 얼굴이 서로 친구가 될 것 같은데
한 사진 속의 아이는 시간을 먹고 자라 어른이 되어
제 사진에서 걸어 나와
또 다른 사진 속에서 자신의 얼굴을 쳐다보다가
추위와 굶주림과 고아원과 다른 사람들의 멸시로 얼룩진
자신의 과거 시간들이
새 친구의 미래로 보여서
바람이 우수수, 낙엽 지는 거리를
흰 머리카락 날리며 발끝에 눈을 박고
곰곰이 생각하며 걷고 있는 것을
보았다.

잠시 눈을 감고 있으면
두 사진 속의 친구들이 서로 만나
멍청하게 쪼그리고 앉아
푸른 하늘에 떠가는 구름 하나 보다가
한 친구가 갑자기 어른이 되어 흰 머리카락 흩으며
사진 속의 한 친구에게
따뜻하게 손잡으며 말 건네는 모습이 보인다.

세상의 모든 근심이 그 어린 친구의 미간에서

하늘의 구름 한 점으로

떠나가기를 바라면서

그 사진 속의 친구에게 말 건네는 모습이 보인다.

벼랑에 휘어진 소나무

소나무는 온몸을 비비 틀고 누운 듯 서서
굽이진 고비마다 가지들은 목을 힘껏 위로 들고
하늘을 향해 용트림하고 있다.

저렇게 자라기까지
저 나무는 바위 벼랑에서 태어나
죽지 않으려고
비바람에 떨어지며 떨어지지 않으려고
뿌리는 벼랑을 잡고
온몸을 비틀며 살아남기 위해 앙버티었으리라.
그때마다 머리는 하늘을 향해 들고
나, 살아갈 수 있을까?
자신을 향해,
하늘을 향해,
한없이 물어보았으리라.
그때, 있는 힘을 다해 몸을 추스를 적마다
굽이진 저 소나무

저 굽이만큼 삶의 고비도 많았으리라.

저 나무 벼랑 살이

아직도 힘이 남아 있는가
몸이, 머리가 발 아래로 떨어지면서
뿌리는 간신히 벼랑을 잡고
나, 살아갈 수 있을까?
온몸을 비틀며
하늘을 향해 용트림하고 있다.

사람들은 그 모습이 아름답다고
그림으로 그리고 사진으로 찍어서
그의 삶을 오래오래 기억하고 싶어 한다.

정원도

—————————————————— 분단시대

대구 출생. 1985년《시인》에 작품을 발표하며 등단했
다. 시집으로 『그리운 흙』 『귀뚜라미 생포작전』 『마부』
『말들도 할 말이 많았다』 『나는 그를 지우지 못한다』를
펴냈다.

마지摩旨 한 그릇

나는 마지 한 그릇 올린 빚 갚느라
일하다 부서진 몸으로 또 일하고

그 마지 덕에,
석가여래상 아래 건재한 보살은 재빨리도
세상에 이름을 드날리네

풀잎들도 바람에 절절하게 흩날리며
귀를 울리는 종소리 한 소절 퍼트리기 위해
뼈가 으스러지는데

그 종소리 타고 세상을 얻은 이들은
딛고 올라서기 무섭게
낭자한 푸른 피에 살이 터진 종을 잊네
종소리의 출처를 잊네

황금 두더지

어머니는 내가 먹는 걸 밝힐 때마다
'야가 식충이 될라 카나' 캤다
식충이 뭔 말인지 아는 데까지는
오랜 풍파가 지나갔고

땅굴을 파고들어
하루에 제 몸무게보다 더 많은
땅속 벌레나 곤충의 유충을 잡아먹느라
두더지 앞발은 영락없이 사람 손을 닮았다

큼직한 발가락 다섯 개에, 넙적한 발톱까지
흙을 파내거나 헤엄치기 좋게
발바닥 크기나 색깔까지
꼭 사람 손을 내밀고 있는 듯해

나도 한때는 눈도 다물고, 입도 닫은 채
두더지 손이 되어 살아남아야 했지
앞뒤 분간 안 되는 암흑의 굴속에서
빛나는 황금빛 털을 감춘 채
어둡고 침침한 기나긴 시간의 늪을 견뎌야 했지

밥솥 사용법

아내는 밥을 짓지 못한다
밥솥의 진화속도를 아내의 퇴화지능이 따라가지 못해
밥솥 사용법을 기억하지 못하는 탓이다

화재 위험을 고려하여
가스레인지를 전기인덕션으로 바꾸고도
구순 노모는 금방 익히는데
접근조차 불가능한 아내는 차라리 다행이다

가스레인지 불 켜둔 채 잊어버릴라
자동차단기를 달고도 방심 못 해

그래도 날마다 불안한 아내는
출근하는 남편의 등 뒤에서 언제 돌아오느냐고 재촉
하고
이렇게 간절히 기다려주는 여인은 그대밖에 없으므로
나는 나무 그림자가 제 자리로 돌아오듯
어김없이 부리나케 되돌아온다

식물적 발상

나의 발상은 언제나 지극히 식물적이다

설사 죽을병에 걸려 고통스럽게 시름시름 앓더라도
누구는 그렇게 살 바엔 차라리 약 한 줌 털어 넣고 죽고
야말겠다 해도
패배를 모르는 산짐승처럼 뒤돌아볼 겨를도 없이
낭떠러지를 향해 돌진하며 장렬하게 최후를 맞는 방식
은 너무 끔찍하여

차마 상상조차 못 한다!
흰 냉이 노랑 민들레꽃 알뜰히 보듬어 피우고 난 뒤에
꽃씨 홀씨 하나 남김없이 바람에 흩날리다가
시들시들 이파리 척추에 늘어뜨린 채
땡볕에 말라가듯

늦은 밤까지 고장 난 기계와 악전고투하다
파김치 되어 돌아와 앓는 신음소리
피가 멎는 호흡조차 느려져도
풀잎 하나 더 피워내는 일로 되새김질한다.

비단잉어

일본 양식종 비단잉어 한 마리가 중국인 사업가에게
23억에 팔렸다네
유유히 헤엄치는 잉어를 보노라면 일에 지친 스트레스
가 확 날아가 바라만 봐도 황홀하다는데

식용잉어를 사육하다가 몸에 얼룩이 나타난 변종
수정에 수정을 거치다가 잘못된 돌연변이가 비단잉어
의 시조
남들과 똑같은 잉어야
죽어라고 사육해도 식용으로 팔려가는 신세

덕분에 부자의 반려가 되어
평생 연못에 모셔지는 비단잉어처럼

온몸에 아름다운 무늬 한 점 새기지 못해
안달하는 군중들이
연못 속의 비단잉어가 되기 위해
안절부절 도시를 맴돌며 돌연변이를 꿈꾸네!

분단의 장벽을 허물어온
《분단시대》40년의 기록 ———— 정지창

분단의 장벽을 허물어온《분단시대》40년의 기록

정지창(문학평론가)

《분단시대》는 지난 1983년 군사독재의 철통같은 언론 통제 속에 표현의 자유가 질식 상태에 있을 때, 대구·경북 과 충북의 젊은 작가들이 모여 결성한 진보적인 문학동인 이다. 대구의 배창환, 김윤현, 김종인, 정대호, 김용락과 청 주의 도종환, 김창규, 김희식 시인이 창립 당시의 회원이 었고 그후 김성장, 정원도, 김응교 시인이 합류하여 11명 이 지금까지 활동하고 있다.

대구 출신인 정원도 시인과 청주 출신의 김성장 시인 이 동인으로 합류한 것은 자연스러운 일이었지만, 학연 과 지연도 없고 나이 차이도 많은 서울 출신의 김응교 시 인이《분단시대》에 참여한 데는 특별한 사연이 있다. 그가 귀띔한 바에 따르면 대학 시절《분단시대》동인지를 보고 마음에 들어 무조건 선배 동인들을 수소문하여 찾아가 자 기도 동인으로 넣어달라고 졸랐다고 한다.

창립 이후《분단시대》는 지역을 기반으로 한 민중문 학의 중요한 한 축을 담당해왔다. 1974년 유신치하에서 창 립한 자유실천문인협의회(자실)가 1984년에 조직을 정비 하여 다시 탄생할 때,《분단시대》동인들은《삶의 문학》과 《오월시》,《시와 경제》,《마산문화》등 다른 지역의 문학동 인들과 함께 자실에 적극적으로 참여했다. 그 결과 처음으로 서울 중심의 문학판이 지역으로 확산되는 탈중심화가 이루어졌고, 기존의 폐쇄적인 등단제도가 느슨해지고 허물어져 문학의 민주화가 눈에 띄게 진전되었다.

《분단시대》가 이제 창립 40주년을 맞아 시선집을 펴냈으니 문단 전체가 축하할 일이지만, 나로서는 개인적인 감회 또한 각별하다. 충청북도 보은이 고향인 나는 대전과 서울, 부산을 거쳐 1984년 대구의 영남대학으로 자리를 옮긴 다음, 같은 과의 선배 교수인 염무웅 선생님의 소개로 《분단시대》동인들을 만나 인사를 트게 되었다. 아마 대구의 정하수 화백과 함께 꾸민 판화시집 출판기념회 자리였던 것 같다. 그후 《분단시대》동인들과는 마음과 뜻이 통하는 동지로서 40년 동안 인연을 이어왔으니, 말하자면 《분단시대》40년의 역사는 나와 《분단시대》동인들과의 우정의 역사이기도 하다.

《분단시대》라는 명칭은 당연히 남북분단을 극복하려는 의지를 드러낸다. 1980년의 광주민중항쟁으로 분단으로 인한 온갖 제약과 폐해가 첨예하게 드러나면서 동인들은 분단이야말로 우리의 삶을 왜곡시키는 가장 근본적인 모순이라는 생각을 공유하였을 것이다. 그러나 《분단시대》동인들은 이른바 운동권의 NL(민족해방)과 PD(민중민주)의 운동노선에 종속되어 문학 활동을 하지는 않았다. 오히려 이들은 문학의 순정한 힘을 빌려 남북분단뿐만 아니라 현실에서 보수와 진보, 부자와 가난뱅이, 진실과 거짓을 나누는 분단의 장벽을 허무는 일에 힘을 쏟았다.

그렇게 된 데는 동인 대다수가 아이들을 가르치는 교

사였다는 사실도 작용한 것 같다. 도종환, 배창환, 김종인, 김윤현, 김성장, 김용락 시인은 모두 교사 출신이고 김응교 시인은 현직 교수이다. 그중 몇 명은 전교조에 가입했다는 이유로 해고되거나 심지어는 감옥에 끌려가기도 했다. 또 김창규와 정대호, 김희식 시인은 군사독재 시대에 민주화운동으로 투옥되어 고초를 겪은 바 있다. 세속적인 잣대로 보면, 이들은 음풍농월吟風弄月에 몰두하는 은둔형 문사文士가 아니라 현실참여적인 투사나 지사志士에 가까운 것이 사실이다.

이러한 외면적인 사실 외에도《분단시대》동인들의 작품을 훑어보면 한 가지 특징이 눈에 띈다. 우선 이번 사화집에서도 확인할 수 있듯이 이들의 작품들은 하나같이 평이하고 소박하다는 점이다. 시를 쓰는 일도 기술적 숙련이 필요한 일종의 기예인지라 한 40년 시를 쓰다 보면 어느 정도 숙련된 경지에 도달하게 된다. 대부분의 시인들이 초기에는 소박하고 단순한 표현을 구사하다가도 만년에는 세련되고 원숙한 기교로 멋진 시를 쓰려고 노력하기 마련이다. 그런데《분단시대》동인들의 시는 여전히 초기의 그 풋풋하고 소박한 정서와 열정을 잃지 않고 있으니 놀라운 일이다. 시류에 편승하여 카멜레온처럼 너무도 쉽게 자신의 색깔을 바꾸는 요즘의 문학판에서 이처럼 고집스럽게 자신의 본모습을 지켜내는 것은 자칫하면 지적 태만이나 보수주의적 아집으로 몰리기 쉽다. 그렇지만 나는《분단시대》동인들의 이러한 태도를 초심을 지키려는 심지心志의 발로라고 본다. 너도나도 유행처럼 따르는 도시

적이고 자폐적인 정서와 난해한 표현, 또는 영어와 국적 불명의 합성어로 짜맞춘 듯한 한국의 현대시를 남한의 평범한 독자나 북한과 해외의 독자들은 얼마나 이해하고 공감할 수 있을까? 그 가운데서 언어와 정서의 분단을 넘어설 수 있는 시편들은 얼마나 될까?《분단시대》의 사화집에 실린 시들은 북한 동포나 해외의 동포들도 쉽게 이해하고 공감할 수 있는 보편성과 가독성을 지니고 있다는 점을 나는 주목한다.

이제 가나다순으로 시인들의 작품을 읽어보자. 김성장 시인은 각종 시국 집회나 행사에서 이른바 신영복체 글씨로 시나 격문을 쓰는 서예가로 널리 알려져 있다. 이른바 '어깨동무체'나 '민체民體'로 불리는 그의 글씨는 글자끼리 서로 기대고 지탱해주는 독특한 조형미를 보여준다. 여기 실린 「사경寫經 1」과 「사경寫經 2」, 「바람을 하늘에 매달다」는 불경을 필사하거나 깃발행진을 하는 과정을 그리고 있는데, 단순한 현장시를 넘어서는 그만의 독특한 감각과 불교적 감성을 엿볼 수 있다. 「장씨 아저씨」는 욕심이나 허세를 부리지 않고 자기 분수를 지키며 사는 평범한 서민의 미덕을 일깨워주는 시다. 평범하고 다소 못난 것처럼 보이는 이런 이웃들이 사실은 민중의 본모습이 아닐까. "어떤 비유와 상징도/ 원치 않아/ 꽃은/ 아무렇게나 살아도/ 죄를 짓지 않는다". 「꽃」은 김성장 시인뿐만 아니라《분단시대》시인들이 추구하는 사무사思無邪의 경지를 함축하고 있다.

김용락 시인은 경북 의성 출신이다. 「단촌역」에서 보

듯, 중학교 3년을 단촌역에서 안동까지 기차 통학을 했고 그후에는 주로 대구에서 살고 있다. 그는 고향에서 멀지 않은 안동시 일직면 조탑동에 살던 권정생 선생을 자주 찾아가서 많은 가르침을 받았는데, 권 선생과의 교류를 통해 알게 된 사연들을 엮어 시집을 내기도 했다. 시집 제목을 『조탑동에서 주워들은 시 같지 않은 시』라고 한 것은 관행적인 어떤 형식보다는 그 뜻을 시의 알맹이로 생각하고 있다는 것을 내비치고 있다. 여기 실린 「조탑동에서 주워들은 시 같지 않은 시·6」은 그중 한 편이다. 대구 경북 지역의 진보적 문학의 처음으로 내건 '대구·경북 민족문학회'와 그 후신인 대구경북작가회의의 창립 주역인 김용락 시인은 만년 사무국장으로 거의 반평생을 봉사하였다. 그러다가 어찌어찌하여 한국국제문화교류진흥원의 책임자로 발탁되어 난생처음으로 서울에서 잠시 공직생활을 하게 되었다. 이때 마을 도서관을 지어주는 일로 몽골의 외진 마을 「오브스주州 울란곰」을 찾아가기도 하고 서울의 성북동에 있는 만해의 심우장을 엿보기도 한다. 단순 소박한 형식에 순정純正한 뜻을 담은 시편들은 그가 권정생 선생의 제자임을 드러낸다.

김윤현 시인은 마음이 따뜻하고 넉넉한 선비의 풍모를 지녔다. 교사 시절의 제자들과 문단의 후배들이 그를 따르는 것은 그가 지닌 인간적인 온기 때문일 것이다. 사실 그는 독실한 천주교 신자지만, 평소에는 거의 내색을 하지 않는다. 그의 시에는 그의 인품처럼 따뜻한 온기가 느껴진다. 이웃은 물론이고 동물이나 식물과도 이심전심으로 공감을 나누며 대화를 주고받는다. 그러면서「돌탑1」과「반반」에서 보듯 자기를 비우고 욕망을 절제하는 법을 배운다.「청도 가는 길」은 청도의 소싸움에 내몰리는 싸움소의 입장을 대변하고,「나무로 살기」에서는 나무와의 공감과 소통을 통해 나를 다스린다.「도배공 김 씨」는 그가 이웃의 아픔과 고통에 얼마나 깊이 공감하는지를 보여준다. 여기 수록되지는 않았지만, 대구의 10월항쟁에 대해 그가 쓴 시편들은 그의 이런 성품에서 우러나온 것이다.

김응교 시인은《분단시대》동인 가운데 가장 젊고 에너지가 넘치는 활동가이다. 그는 대학생들을 가르치고 연구하는 일 외에도 노숙자들에게 인문학 강의를 하고, 달동네 노인들에게 연탄을 나눠주고, 신동엽 학회를 운영하며 동학 공부를 하고, 틈틈이 카프카의 작품을 읽는 모임을 이끈다. 여기서 그치지 않고 그는 관동대지진 당시의 조선인 학살을 다룬『백년 동안의 증언』을 펴내는 등 국제적인 인권탄압 사례들을 조명한다. 여기 수록된「주인 잃은 신발」은 제주의 4·3 학살과 헝가리의 유대인 학살을 생생하게 증언하고 있다. 기독교의 가르침을 몸으로 실천하는 그는 죽음까지도 공동체를 위한 마지막 노동이라고 말한다.「마지막 노동」「단추」에서 보듯, 시인은 고달픈 노동에 지쳐 고개를 좌우로 흔들며 조는 옆자리의 승객을 떨어질 듯 간신히 매달려 있는 단추와 같은 존재로 인식한다. 김응교 시인이 이웃에게 기꺼이 기댈 어깨를 내어주는 일은, 생명에 대한 외경과 연민처럼 저절로 몸에서 우러나오는 것이다.

김종인 시인은 경북 김천 토박이로 지금도 고향을 지키고 있다. 남한의 한복판인 삼도봉과 황악산이 멀리 보이고 직지천이 휘돌아 가는 곳에 그가 사는 마을이 있다. 좀처럼 바깥출입을 하지 않고 텃밭 농사와 나무판에 글자를 새기는 서각書刻에 몰두하고 있는 시인은 그렇다고 해서 세속의 일은 제쳐놓고 자연에만 몰입해 있는 것은 아니다.「삼도봉」을 비롯한 그의 시편들은 통일과 민주를 향한 그의 열정이 아직도 휴화산처럼 그의 가슴 밑바닥에서 들끓고 있음을 보여준다. 그는 자연을 노래하지만, 겉으로는 변함없이 그 자리에 머물러 있는 산과 강도 실은 끊임없이 변하고 흘러가는 변화의 과정에 있음을 꿰뚫어 본다. 그러므로 시인이 고향은 외진 은둔의 쉼터가 아니라 세상의 한복판이기도 하다.

김창규 시인이 쓴「백두산의 얼굴」과「분단의 시대 철의 장벽」,「모란봉 을밀대 그리고 냉면」등 세 편의 시는 김창규 시인의 분단극복과 통일을 향한 염원을 유감없이 보여준다. 이제 칠순에 접어든 시인의 몸은 비록 늙었지만,「요즘 시인들이라고 하는 것들」을 꾸짖는 기개와 열정은 청년시절처럼 여전하다. 광장과 거리의 시인이라는 별칭으로 불리기도 하는 칠순의 청년 김창규 시인에게 경의를 표하지 않을 수 없다.

김희식 시인은 김응교 시인과 더불어《분단시대》동인 가운데 가장 젊은 축에 속한다. 1980년대에 민주화운동으로 옥고를 치른 뒤 문화재단의 실무자로 바쁘게 뛰어다니느라 시 쓰는 일에 전념하지는 못한 듯하다. 개인 시집도 『유월의 거리에 서서』 (2007) 한 권뿐이다. 그렇지만 그가 시심이 부족하여 시를 많이 쓰지 못한 것은 아니다. 봄이면 눈부시게 피어나는 들꽃을 보며 꽃을 피우기까지 민초들이 겪어야 했던 고된 노동과 고난에 울음을 삼키기도 하고(「들꽃 눈부시다」), 겨울이면 잎 지고 눈을 뒤집어쓴 나무가 "제 온몸 다 바쳐 꽃이 되는 것을/ 침묵으로 기다려 올곧은 가슴으로/ 저리도 고운 꽃이 피는 것을" 알아차린다(「어허, 나무가 꽃이 되었다」). 시골 농부처럼 소탈한 풍모를 지닌 노년의 시인이 그도 벌써 환갑을 지났구나. 그를 닮은 시를 더 많이 써줄 것을 기대한다.

도종환 시인은《분단시대》뿐만 아니라 한국 현대시를 대표하는 시인이다. 그렇지만 『접시꽃 당신』으로 1980년대에 대중적으로 널리 알려진 그는 결코 말랑말랑한 서정시만 쓰는 시인이 아니다. 그는 자신만의 독특한 색깔과 목소리로 누구보다도 치열하게 현실의 온갖 모순을 고발하고 개혁하는 데 몸바쳐온 시인이다. 전교조에 참여했다가 해직되고 투옥되는 험한 세월을 견디며 써낸 그의 시는 깊고 그윽한 울림을 지니고 있다. 「파멸의 시간은 홀로 오지 않는다」와 「끝이 아니다」는 인류의 생존을 위협하는 기후위기와 환경재앙을 섬뜩할 정도로 사실적으로 경고한다. 한국현대사의 급박한 시절은 숲속에 은거한 시인을 광장으로 불러내고 국회의원과 장관이라는 옷을 입혀 10년 동안 서울이라는 감옥에 가두었다. "답답하고 비효율적인 민주주의를 끌어안고/ 빛을 향해 낮은 포복으로 기어가는 곳/ 여기 이 진흙탕에 뒹굴어 보지 않은 자는/

세상의 개벽에 대해 말할 자격이 없다"(「철쭉」)는 시인의
항변에 누구도 이의를 제기할 수는 없을 것이다. 독자들
은 진흙탕에서 발을 빼 숲으로 돌아온 시인을 환영한다.
그러나 「태백」에서 보듯, 깊은 산중에서 나무와 새들과 더
불어 '나'를 닦으며 개벽의 그날을 진득하게 준비하는 지
난한 일이 그를 기다리고 있으니, 수운 선생이 「용담가」에
서 읊었듯이 시인의 간절한 기다림과 마음을 닦는 고행은
앞으로 오만년 동안 지속될 것이다.

《분단시대》동인들 가운데 전교조 활동으로 해직되어
가장 오랫동안 학교를 떠나 있던 이는 배창환 시인이다.
그는 전교조 창립 직후인 1989년 해직된 다음 1994년 다른
동료들은 대부분 복직했으나 대구지부장을 맡아 달라는
요청에 따라 학교에 돌아가지 못하고 공익근무를 계속했
다. 몇 년 후 복직하면서 대구를 떠나 고향인 경북 성주의
시골학교로 하방下方을 자청한 것은 오랜 투쟁 끝에 마음
을 비웠다는 뜻이다. 시선집에 실린 「가야산은 가야산」은
이 시절의 기억을 담고 있다. 「암바라와 위안부 수용소」
는 대구·경북작가회의 방문단의 일원으로서 2차대전 당
시 일본군이 조선의 정신대 여성들을 수용했던 인도네시
아의 수용소를 방문하고 그 참혹한 현장의 모습을 증언한
다. 이제 교육 현장에서 물러나 시골살이에 재미를 붙이
고 있는 시인이 「물고구마 이야기」에서 어렸을 적의 서글
픈 기억을 되살리는 것은 "세상은 (…) 자꾸 거꾸로 돌아
가'고 시인의 "심장은 (…) 자주 뜨거워지"기 때문이다.

정대호 시인은 내가 아는 한 가장 우직한 경상도 촌놈

의 체취가 물씬 풍기는 시인이다. 어떤 때는 답답할 만큼 고집을 피우고 시류에 둔감하지만 그런 우직함 때문에 문학계간지『사람의문학』을 수십년 동안 외부의 지원도 받지 않고 꾸준히 발행하고 있는지도 모른다. 평소에는 과묵한 편이지만 일단 말문이 터지면 구수한 청송 산골의 이야기꾼으로 변한다. 이런 정대호 시인도 실은 남모르는 아픔과 절망의 골짜기를 건너며 기합을 넣듯 한 발 한 발 눈 쌓인 겨울 산을 힘겹게 오르고 있다.「겨울 산을 오르며」는 속으로 자신을 다지고 채찍질하며 세파를 헤치고 나아가는 시인의 견결한 의지와 겸허한 자세를 꾸밈없이 보여준다.「지상의 아름다운 소망」에서는 눈에 덮인 사과가 혹시 까치가 제 몸을 먹어주지 않을까 걱정한다. 이런 소망은 정대호 시인이 간직하고 있는 가장 아름다운 지상至上의 소망인 동시에 대지에 발을 붙이고 사는 지상地上의 생명체만이 가질 수 있는 아름다운 소망일 것이다.

정원도 시인은 대구의 변두리 반야월 출신으로 아버지는 마부였다. 어렸을 적에 말과 함께 겪은 갖가지 사연들을 노래한『마부』(2017)와 그 후속작인『말들도 할 말이 많았다』(2023) 두 권의 시집은 많은 독자들에게 깊은 인상을 남겼다. 저작권 문제로 이번 시선집에 말에 관한 시가 실리지 못한 것은 유감이다. 공고를 나와 포항에서 일하던 시인은 그곳 학교에서 근무하던 김종인 시인을 만나《분단시대》동인으로 참여하게 되었다고 한다. 그후 서울로 올라가 건설기계 수리를 전문으로 하며 힘든 세월을 보냈는데,『마지摩旨 한 그릇』은 이런 경험을 바탕으로 한 시다.

마지란 부처님에게 올리는 밥을 말하는데, 밥벌이로서의 노동과 문학운동으로서의 일에 헌신한 시인의 소회가 절절하게 가슴을 울린다.「황금 두더지」는 배곯던 어린 시절의 쓰라린 기억을 되살리고 있으며,「밥솥 사용법」은 치매에 걸린 아내를 돌보며 노령의 어머니를 모시고 병원을 오가는 그의 고달픈 일상을 살짝 보여준다. 그렇지만 시인은 힘겨운 삶의 무게에 치여 절망하거나 자포자기하지 않고「식물적 발상」으로 민들레처럼 꿋꿋하게 살아간다.

　《분단시대》동인 열 한 명은 모두 색깔과 향기가 다른 자기만의 꽃을 피워낸다. 그 꽃들은 온실이나 화단에서 가꾼 꽃처럼 화려하지는 않지만 길가의 야생화처럼 소박하고 정겹다.《분단시대》40년을 지켜본 독자로서 이러한 소중한 꽃들을 모아 엮은 사화집詞華集의 출간을 진심으로 축하한다.

가혹한 시간을 통과하고 있다
2024년 8월 30일 1판 1쇄 펴냄

지은이   분단시대 동인
펴낸이   김성규
펴낸곳   걷는사람
주소   서울 마포구 월드컵로16길 51 서교자이빌 304호
전화   02 323 2602
팩스   02 323 2603
등록   2016년 11월 18일 제25100-2016-000083호

ISBN   979-11-93412-51-0   04810
ISBN   979-11-960081-0-9   (세트)